This book is dedicated to you

……………………………………

Always Progress Children's Books,
2 Asaph house, 24 Brindley Street
London SE14 6PJ

A division of Always Progress Ltd, 2020

Published in the UK by Alway Progress Children's Books, 2020

Text copyright © Jayson Miller, 2020
illustrations copyright © Jayson Miller, 2020

ISBN

978-1-8381120-5-9

# Quand je serai grand

Écrit et illustré par Jayson Miller

# Quand je serai grand, que ferai-je?

# Je pourrais travailler comme médecin

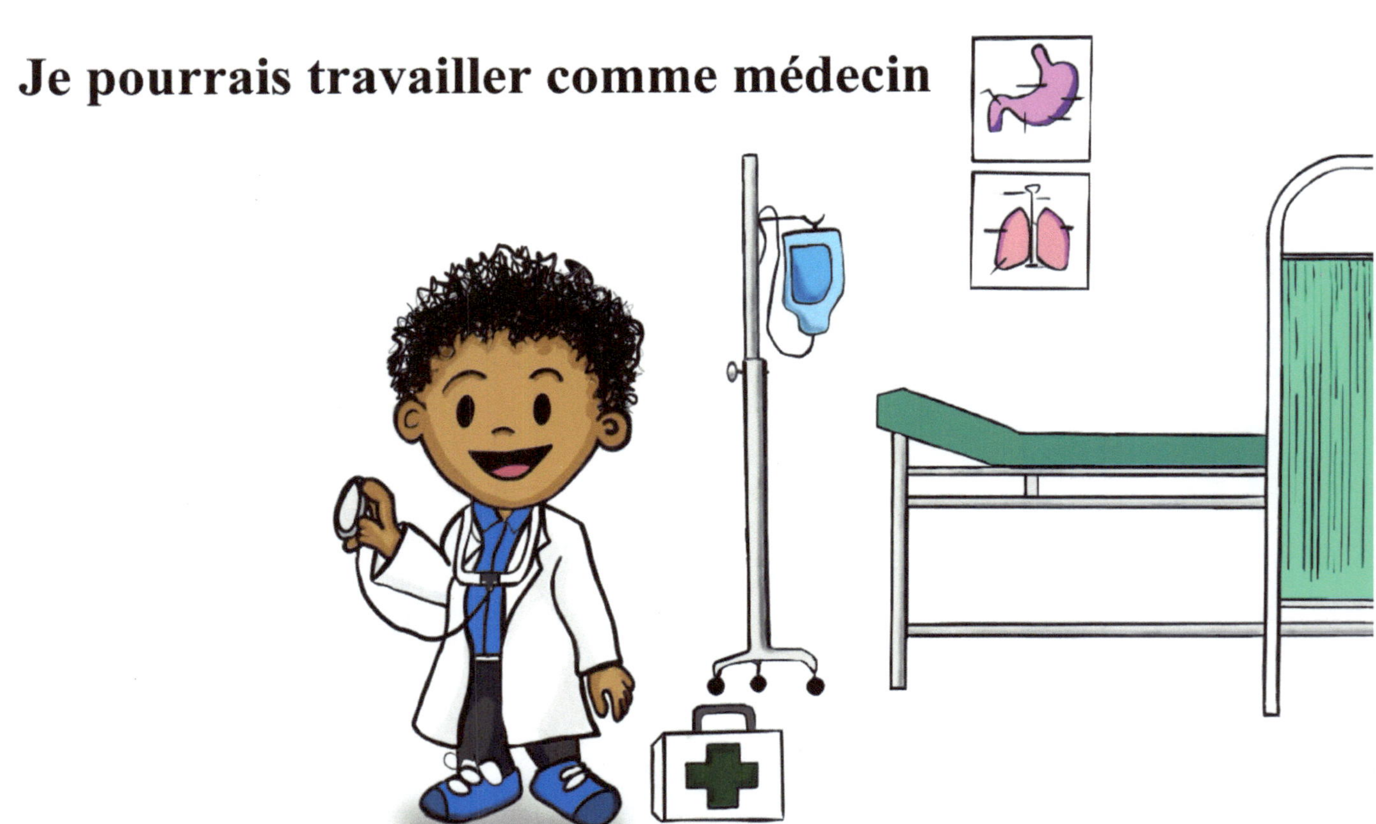

# Je pourrais travailler dans un zoo

Je pourrais être comme mon professeur

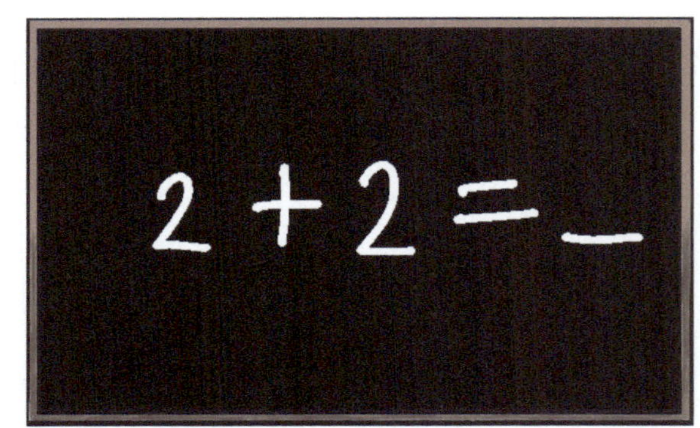

et travailler dans une école

Je pourrais être comme ninja

et faire du kung-fu.

Quand je serai grand, que verrai-je.

**Je pourrais voler en avion**

je pourrais naviguer sur les mers.

# Je pourrais voyager en Inde

Et boire tout le thé.

Je pourrais aller voir les pyramides

**Ou rendre visite à la reine.**

# Quand je serai grand, que ferai-je.

Je pourrais voyager dans l'espace
cpour rencontrer l'homme sur la lune.

# Je pourrais travailler dans une cuisine

entourée de nourriture.

**Je pourrais travailler comme artiste et dessiner des dessins animés.**

# Quand je serai grand, que serai-je.

**Je pourrais pousser comme une graine**

**Aussi haute qu'un arbre.**

Je pourrais travailler comme acteur

et être à la télévision.

Mais je serai toujours heureux

tant que je suis moi.

www.ingramcontent.com/pod-product-compliance
Lightning Source LLC
Chambersburg PA
CBHW042142030726
47599CB00002B/589